¡Piensa en GRANDE!

NANCY CARLSON

ediciones Lerner / Minneapolis

Todas las traducciones de esta edición en español han sido
realizadas por un equipo de hablantes nativos de translations.com,
una empresa mundial dedicada a la traducción.

ediciones Lerner
Una división de Lerner Publishing Group
241 First Avenue North
Minneapolis, MN 55401 EUA

Dirección de Internet: www.lernerbooks.com

Library of Congress Cataloging-in-Publication Data

Carlson, Nancy.
  [Think big! Spanish]
  Piensa en grande! / by Nancy Carlson.
    p.   cm.
  Summary: Vinney is frustrated about being one of the smallest
children at school, but when he takes his mother's advice and
thinks big for a day, he discovers that there are advantages to
being small.
  ISBN-13: 978-0-8225-3192-0 (lib. bdg. : alk. paper)
  ISBN-10: 0-8225-3192-5 (lib. bdg. : alk. paper)
  [1. Size—Fiction. 2. Schools—Fiction. 3. Self-esteem—Fiction.
4. Spanish language materials.] I. Title.
PZ73.C37145 2005
  [E]—dc22   2005006948

Fabricado en los Estados Unidos de América
1 2 3 4 5 6 – JR – 10 09 08 07 06 05

A mis amigos de
la librería Red Balloon
de St. Paul, Minnesota.
¡Gracias por vender mis libros
durante 20 años!

Cuando Vinney volvió a
casa de la escuela, su mamá le preguntó:
—¿Cómo te fue hoy?
—No muy bien —respondió Vinney.

—De camino a la escuela, George me llamó "enano".

—En la biblioteca, no
podía alcanzar los libros
con capítulos.

—Los niños grandes me quitaron
la pelota durante el recreo.

—¡Y la señora que sirve el almuerzo
ni siquiera me vio en la fila!

—Soy tan pequeño que la maestra no me vio cuando levanté la mano. Cuando por fin se dio cuenta, me dio el papel menos importante de la obra de teatro:

¡UNA MARIQUITA!

—Lo peor de ser tan pequeño es que nadie
me pasa el balón cuando jugamos básquetbol.

—¡Y yo soy muy buen anotador!

Ser pequeño no es divertido.
—Vinney —dijo su mamá—, algún día crecerás. Pero mientras tanto, tendrás que PENSAR EN GRANDE.

La mañana siguiente, Vinney se levantó
de la cama con un gran salto.
—¡Hoy voy a PENSAR EN GRANDE!

De camino a la escuela,
George le volvió a decir:
—¡Hola, enano!

Vinney pensó en grande y contestó:
—¿Cómo está el clima ahí arriba?

Cuando Vinney fue a la biblioteca, se dijo que pensara en grande y eligió un gran libro con capítulos.

Sin embargo, descubrió que no estaba listo para
libros con capítulos, así que la bibliotecaria buscó
un libro del tamaño ideal para él.

Perdió, ¡pero fue muy divertido!

En el almuerzo, Vinney estaba decidido a lograr que la señora
que servía la comida lo notara. Avanzó por la fila de puntillas.
—Parece que tienes mucha hambre —dijo la señora.

¡Y le dio una rebanada extra de pizza y dos galletas para ayudarlo a crecer!

Vinney pensó en grande, lo más que pudo, cuando la maestra necesitaba un ayudante, y ella lo eligió para limpiar la pizarra . . .

¡ . . . aunque apenas pudo alcanzar la mitad!

Durante el ensayo, Vinney incluso cantó en grande, y la
maestra le dio un papel más grande: ¡el del príncipe azul!

Sin embargo, cuando Vinney tuvo que besar a la princesa, deseó tener de nuevo el papel de mariquita.

"*¡Puaj!*", pensó Vinney.

Vinney no olvidó pensar en grande en la clase de
educación física y tomó el balón de básquetbol.

"¡Nadie me puede alcanzar!", pensó Vinney.

Corrió con el balón directamente hacia Cody, ¡el niño
más alto de la clase!

—¡Oh, oh! Es hora de pensar. . .

¡EN PEQUEÑO!
¡Vinney pasó por entre las piernas
de Cody y encestó un tiro de tres puntos!

Cuando Vinney volvió a casa, su mamá le preguntó:

—¿Pensaste en grande hoy?

—Claro que sí —respondió Vinney—. Pensar en grande es grandioso, pero . . .

...a veces me alegra ser pequeño.